# 孔明灯

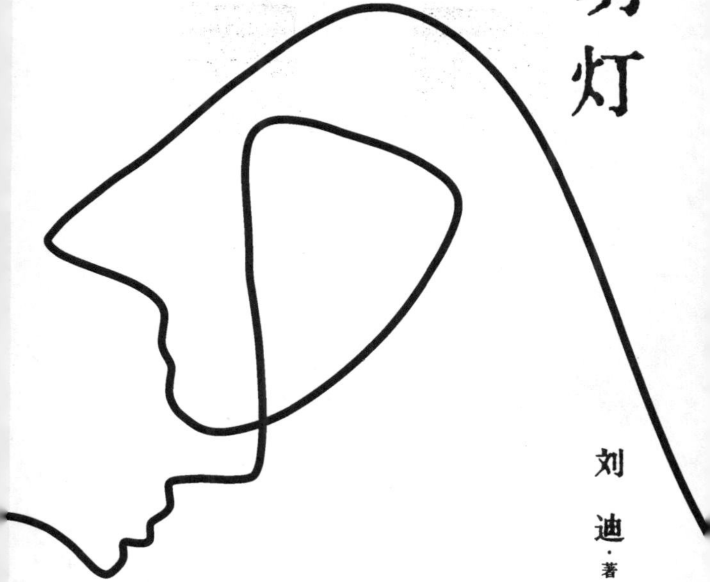

刘迪·著

北京燕山出版社

# 目录

# 梦

# 潮汐的延续

002

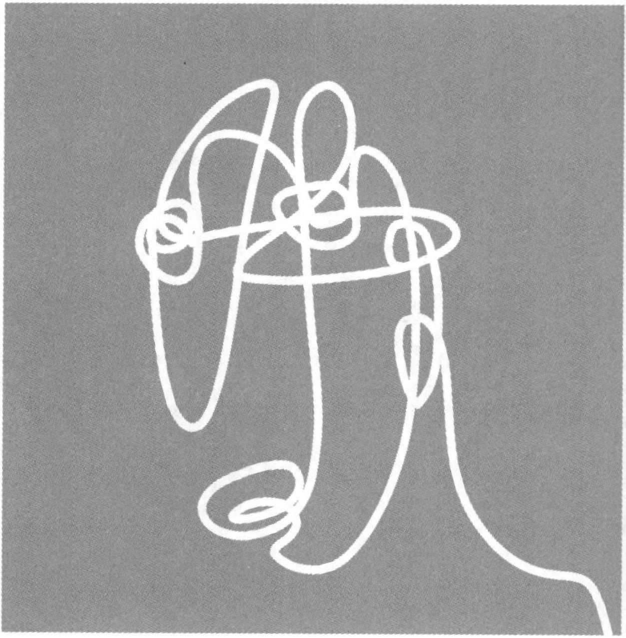

003

# 信仰

## 不能被火扑灭的笑声

004

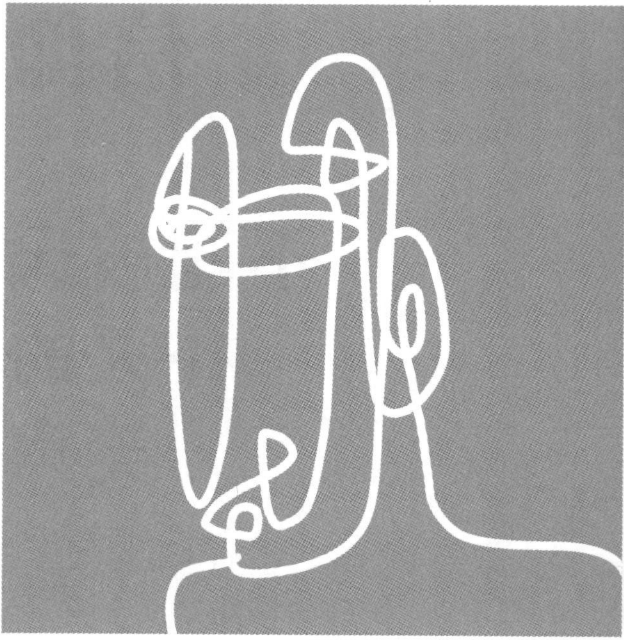

005

灵魂

辽阔的身体
寻找
热情的双眼

006

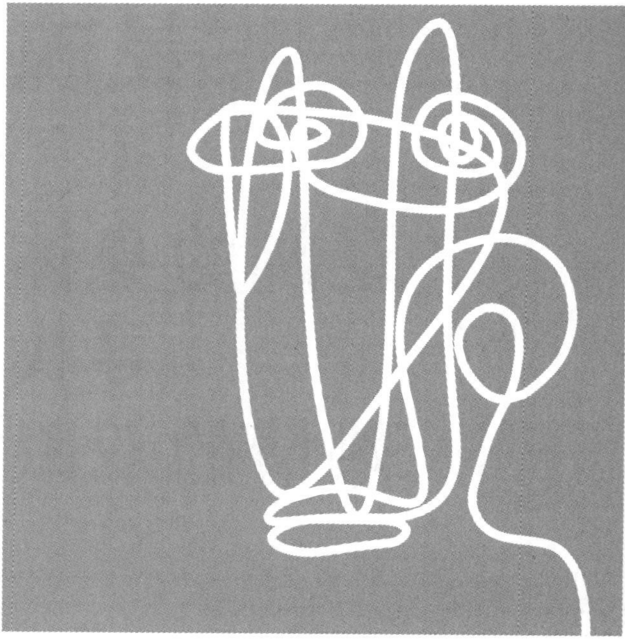

007

# 星星

一个人的
思念
接受不起夜的
清洗

008

009

# 失明

在琐碎的
时钟前
昼夜的清晰
不值一提

010

011

# 先驱

攀登者失去的
光明
弥补于
他悬于世界的
双手

012

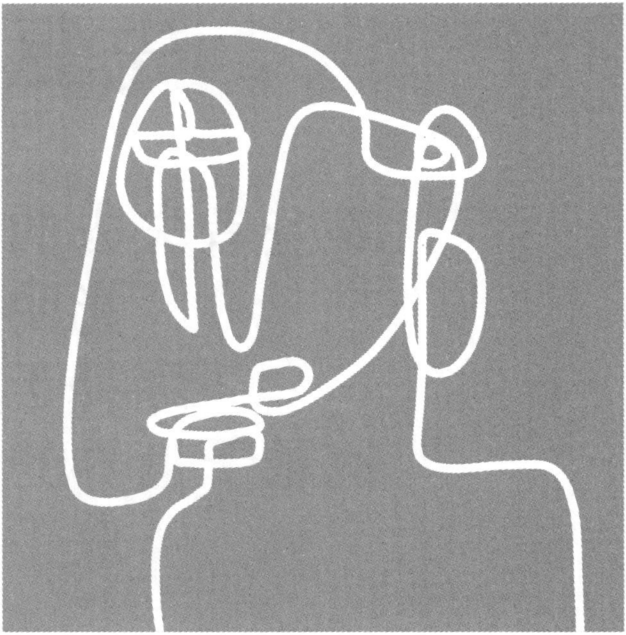

013

# 灵魂

## 一所
## 把身体照亮的
## 房子

014

015

# 空洞

我锯掉了
沉醉边缘的
绳索
留下一张断木的
遗像

016

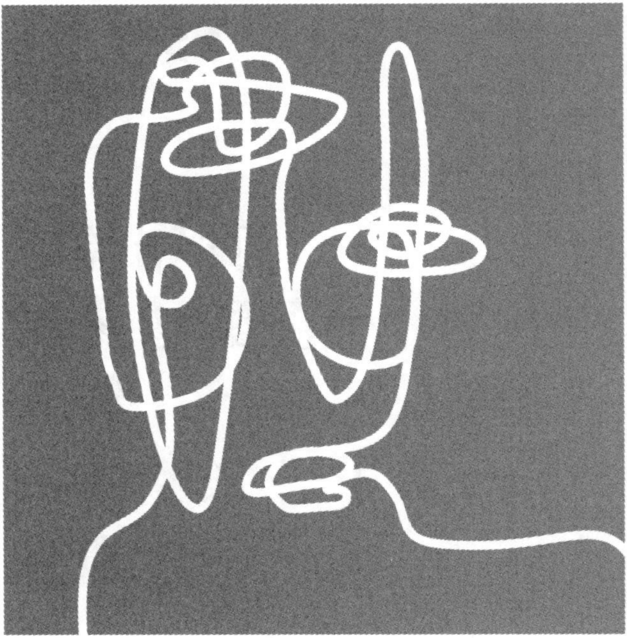

017

# 岁月

# 流云
# 飘过你我的
# 脸

018

# 019

# 灵魂

## 描绘
## 火焰的
## 骨灰

020

021

# 目光

# 狭窄的
# 四面八方

022

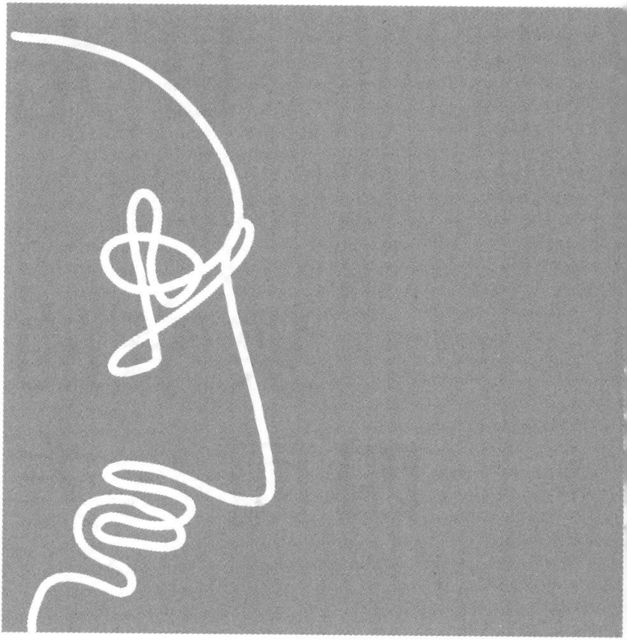

023

# 纯洁

天空
在什么地方
拥抱过
同样下落的
雪

024

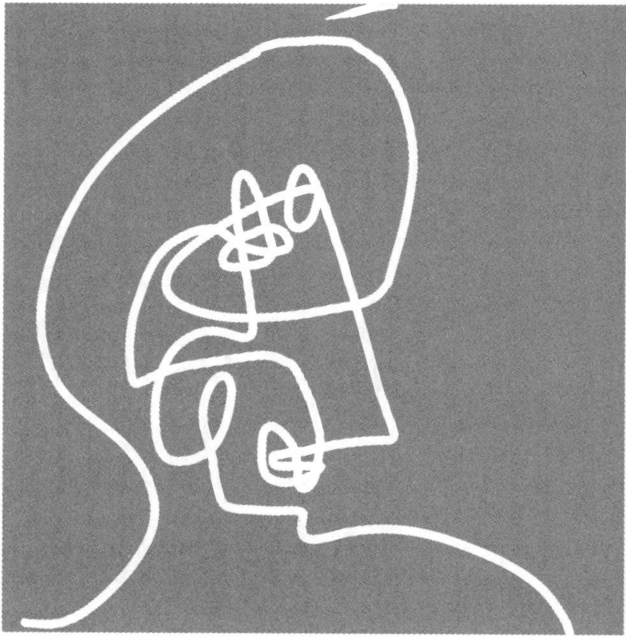

025

# 潮汐

咬掉了
岸边的
一块信纸

026

027

# 四季

树叶落下的风
完成了它的
旅行

028

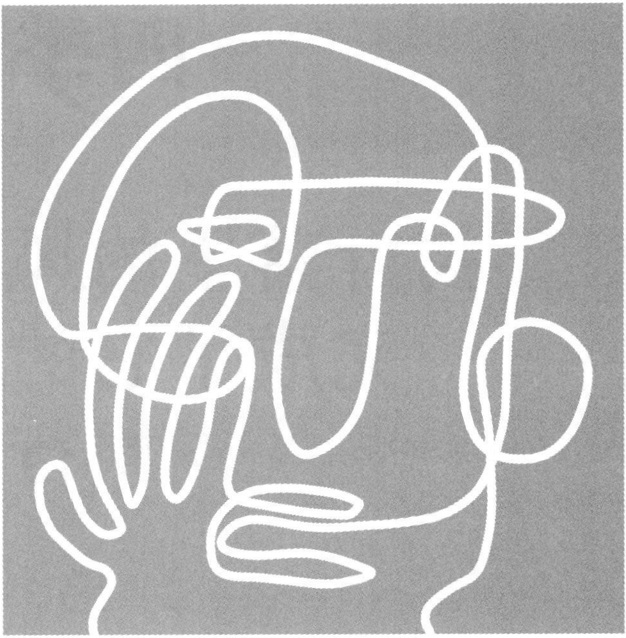

029

# 梦

# 潮汐的延续

030

# 世界

赶路的
身体
慢慢淤积

031

# 光

在昼与夜的
倒影中
塑造了
自己

032

# 宇宙

## 潮汐
## 在身体的
## 言语

033

# 孤独

## 雨中
## 屋顶砖瓦的
## 歌声

034

# 生命

## 在灰烬中
## 散开的
## 旋律

035

# 求知

路上
多余的
山峦
把风变成了
令世界摇晃的影子

036

# 春

树叶触碰你的瞬间
寒冬跟着死去

037

# 记忆

## 呼吸在泥土里的蜗居

038

# 指缝

在爱宽大的腰带里
时间只愿钻过
你我指缝

039

# 光的两半

你怎么知道
死亡
是一个人独自去远方

毕竟
来过这个世界的人
都曾被劈成两半
一半濒临死亡
另一半
把影子当成光

040

## 乐园鸟

你飞向天空
拾起
母亲给你的名字

041

# 吵闹的人

真实
舍不得打破
我的幻想
于是
他把我变成
一个吵闹的人

042

# 彩虹

一个人
在雨里褪了色
光听声音
就知道他
变成了彩虹

043

# 人间清醒

冰川
在崩塌的时候
释放了他的纯洁

一个人
在天真的时候
更像是一个阴谋家

044

# 路

这世界只剩一只鸟
在水底拼命摇头
岸上的人
才看到路

045

# 离别的手

吹散的蒲公英
她的身体
我已无从抓住

046

# 火柴人

我燃烧了我的头颅
在这之前
这具身体
并无其他用途

生命
寄给了火焰
只留下一个石化的躯壳

047

# 身体

他从瞳孔的地平线走来
消失在太阳的阴影中

在那里
宇宙的永恒
是一个人的身体

048

# 静夜

最好的时光
日暮后便是天黑
而你
仍是静夜

049

# 晒太阳

不要躲在梦晨晒太阳

那里的太阳
在海里
会掀起巨浪

050

# 望远镜

小时候
我的眼睛是一个望远镜
长大后
望远镜是一口井
他们再也不看
同一个方向

## 051

# 彼岸

总有一些
在天与水之间
不必扬帆
也能轻易到达的彼岸
他们是同一条船

052

# 袈裟

她扯下时间的线
缠绕在自己身上
从此
袈裟
便是她的嫁衣

053

# 深潜

我去过情深似海的
沙漠
也潜过荒无人烟的
海洋

后来
我守望寸草不生的心
那里
没有一行诗

054

# 面具

她摘下面具
吃掉自己掉落下来的
花瓣

055

# 开花的刺

她的身体
长了玫瑰的刺
在肩膀可以依靠的地方
开花

056

# 无题

他们不属于这个世界
昂贵的空气和食物
贪婪不用付费
因为那个脑中无法忽视的声音
我再也没有和梦交易过

057

# 无题

我把自己包裹在两种颜色的被子里
一个人模样的改变只需要根据舒适度
调整成不同形状
尽管这样包裹住一切还是
不够温暖

058

# 无题

世界收容一声不吭的东西
身体在夜晚发出强烈的噪音
在头脑转瞬即逝的视野里
只容得下
湖面掠过的一道道优雅弧线
所有重量都将被抛弃
没人愿意收容一具带着思维的身体
没人想跟着它一起
石沉大海

# 一个迷你的海浪

060

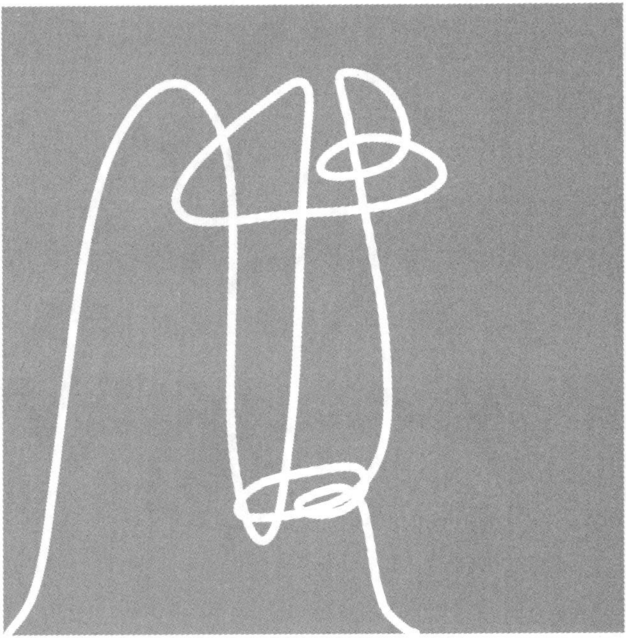

061

# 孔明灯

我看到
一团火焰在
空中燃烧

无人认领

062

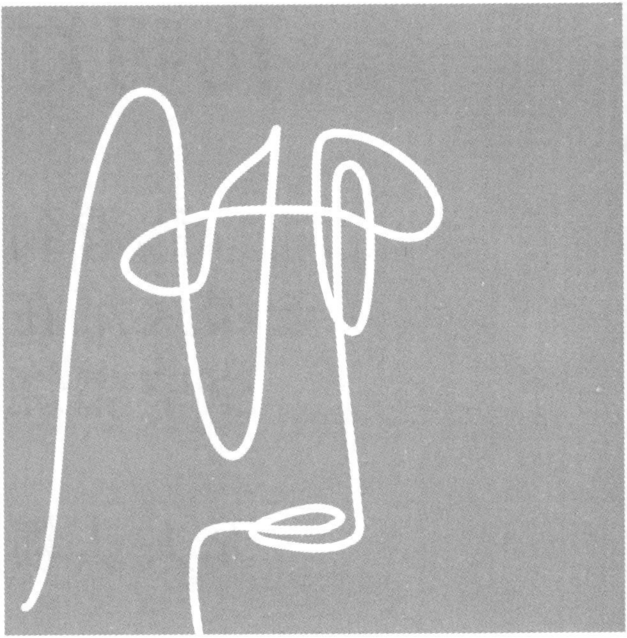

063

# 印

光
给黑暗留下
一个神秘的吻痕
从此灵魂
又多了一个深色的
影子

064

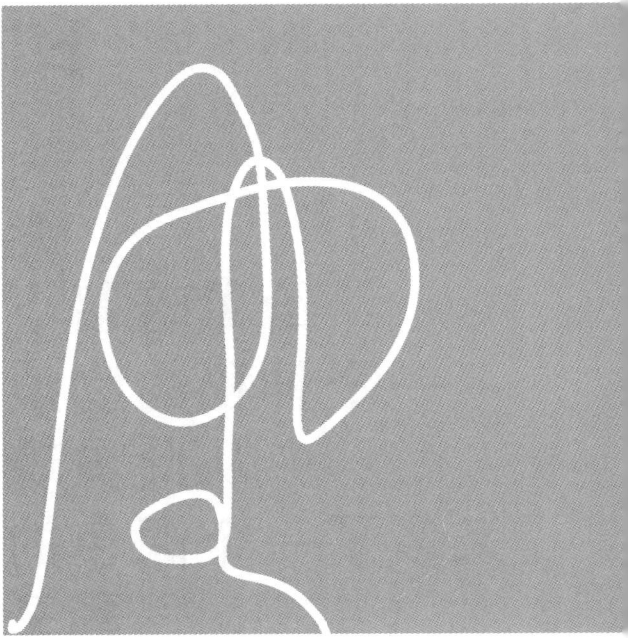

065

# 没有

时间并没有
想要继续
他连停止的想法
也没有

066

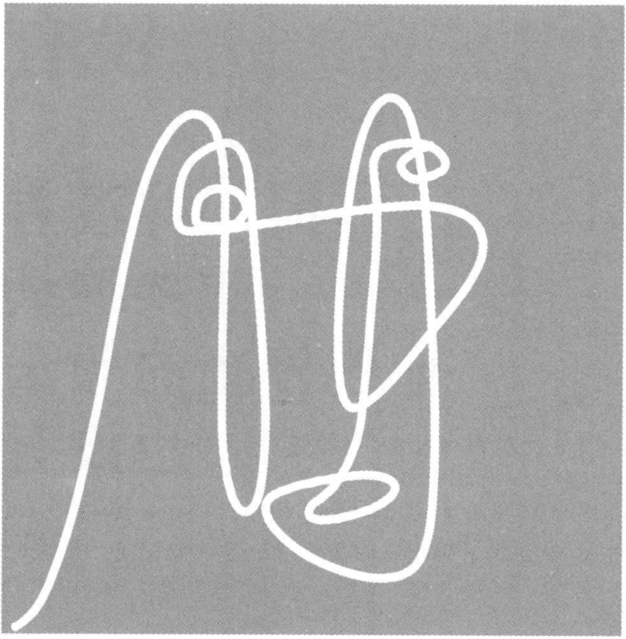

067

# 重复

夜晚需要一个人来重复
它需要吞咽的来信太多

068

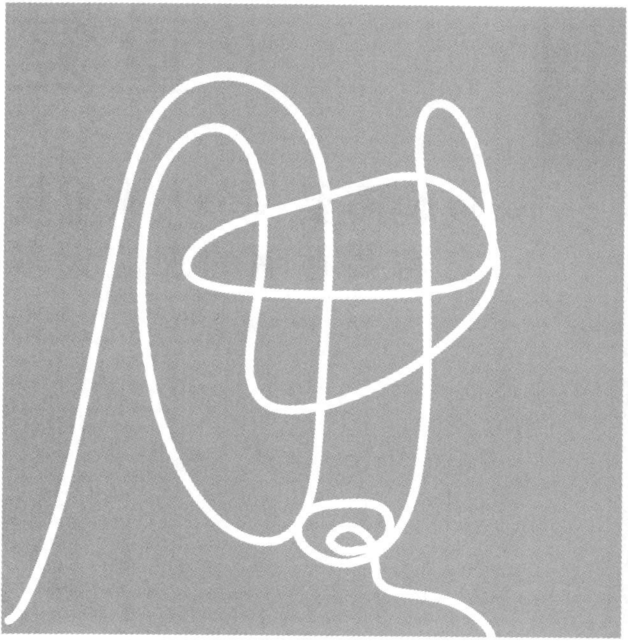

069

# 光影

光的笔触打在了地板上
用影子
延长了它的韵脚

070

071

# 灯

夜晚
拥抱着它潮湿的影子
一个人陶醉着

072

073

# 蝶魄

夜晚
是蝴蝶的魂魄

它扇动彩色的翅膀
只为
让人穿梭它的梦里

074

075

# 神

隧道里的光
而不是
光里的
隧道

076

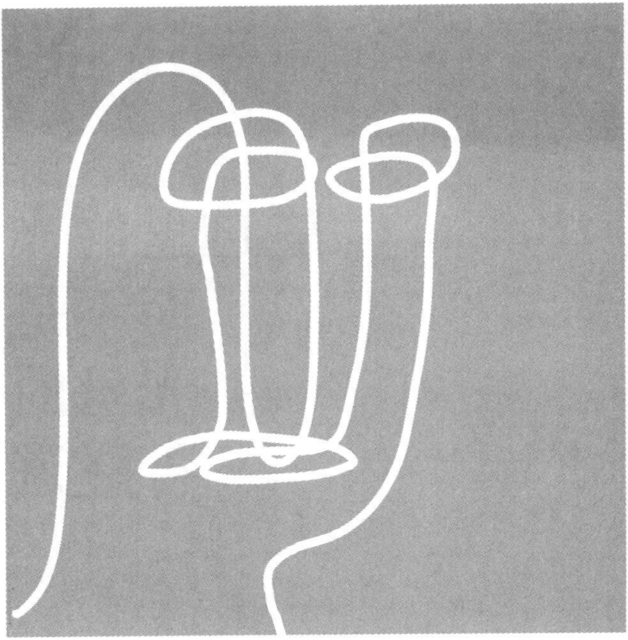

077

# 神性

经历一百次轮回的人
或者只有一个使命
这让人看起来
更具神性

078

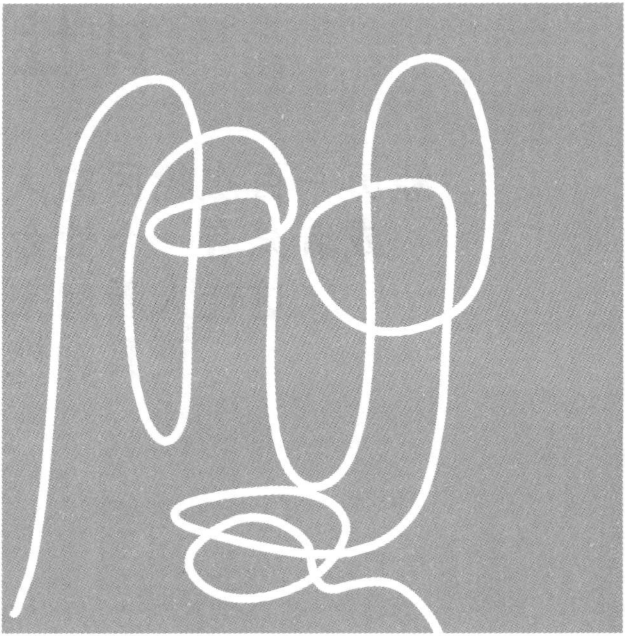

079

# 星云

## 我看到一团被宇宙收留的发光的意识

080

# 直觉

## 一种轮回
## 生命论证他自己的证据

081

# 另一个天空

天空
在埋葬雨天前
递给人类一把伞
他们
在伞下
制造了另一个天空

082

# 二手时间

比烟
吸了更加有害健康

083

# 谎言

他的宁静
在大气层那里
低沉咆哮
天空
也因此被认定为
谎言

084

# 夜生活

我设法了解
黎明
和它神秘的夜生活

085

# 无果

懒散在一片
准备发芽的土壤里
结出了
肥沃的四季

那些金黄的稻壳
并不着急
贡献出自己的纯洁
它们在等待
另一个秋天

086

# 星星

别幻想
用那些闪烁的眼泪
淹没这场夜的瘟疫
星星
除了忍受疼痛
还可以沉默

087

# 星原

我扎根的这片辽阔
被雪深深
点点地淹没

从此土地
又多了一个
白色的名字
星原

088

# 掌纹

所有弯路
在被松开的拳头那里
变成一条被加深的
直线

089

# 等待

## 被时间浇灭的一场派对

090

# 星星

星星不会抨击黑暗
那是他的父亲

091

# 仪式

我的头颅
卡在两块
端庄的形状中间

像一个动弹不了的
仪式

092

# 雨

你很想看看
在离家很近的地方
打碎的那个
玻璃瓶

093

# 雨

秋天的爱人
一场
将音符偷渡到人间的雨

094

# 灵感

一个
迷你的
海浪

095

# 灯

他的年华
依旧
却磨损了夜的
皮毛

096

# 褶皱

不必理解火
你只需
燃烧成
和灵魂一样的
褶皱

097

# 日出

## 一次
## 在云间遍布的
## 探险

098

# 雪

在
世界直抒胸臆的
泥土里
企图掩盖
一片白信笺的
污渍

099

# 愚行

## 赶路的身体

100

# 倒刺

夜晚的倒刺
专挑倚靠它脊背的人

101

# 森林

迷失的灵魂
在幽深处被光
召回

102

# 生命的毛球

在时间那里
没有
多余的
线头

103

# 天选之子

人没有被神选中
神只选中时间
选择那一个时辰

是你

104

# 代价

已经付出了好些代价的
忧伤
在通往异国的那张单程票上
花掉了存款

# 105

# 真实

## 一把
## 牢不可破
## 的
## 钥匙

106

# 泪

鲸鱼
把海水
倒灌进了
一个人的
肺里

107

# 沉默

当潮湿
抵住我干旱的
喉咙

108

# 梦

是谁
在枕边
开了一朵花
把梦推向
高潮

109

# 叶子

花苞的屋顶上
盖着从天空掉落下来的
一小片瓦

110

## 月亮

她在边缘
直到天亮也不属于
我

111

## 春

一只鸟
在沾满了歌声的
颜料里
越陷越深

112

# 别了

青草淹没我身上的
尘土
完成它风的仪式
我离开的土地
可以再造一场旧梦
别了
我不再是这个世界的陌生人

# 黎明挂在了嘴边

115

# 信纸

喜欢你是一封信
愿望是一沓
皱巴巴的
纸

116

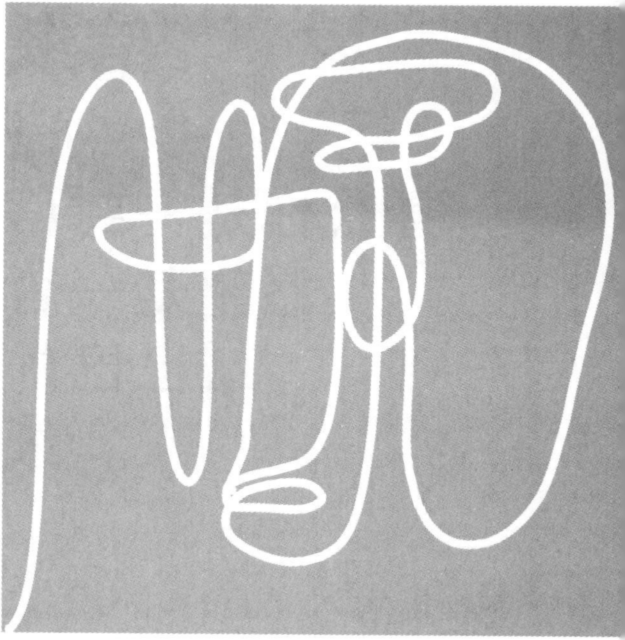

117

# 月亮

一想到你
微笑便把黎明
挂在了嘴边

118

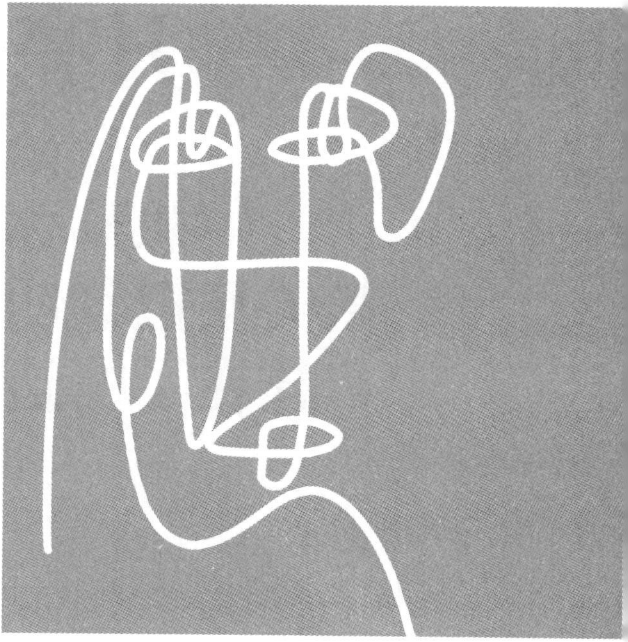

119

# 玫瑰的期盼

不要拔掉身上的刺
只有刺
还在那里
不会落下
玫瑰的羁绊

120

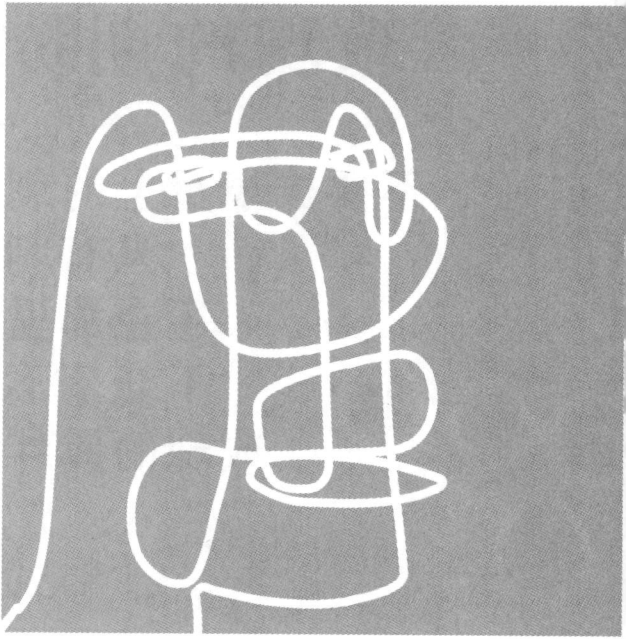

121

# 求生

如此求生的片刻
也不足以
在想你的地方
悬崖勒马

122

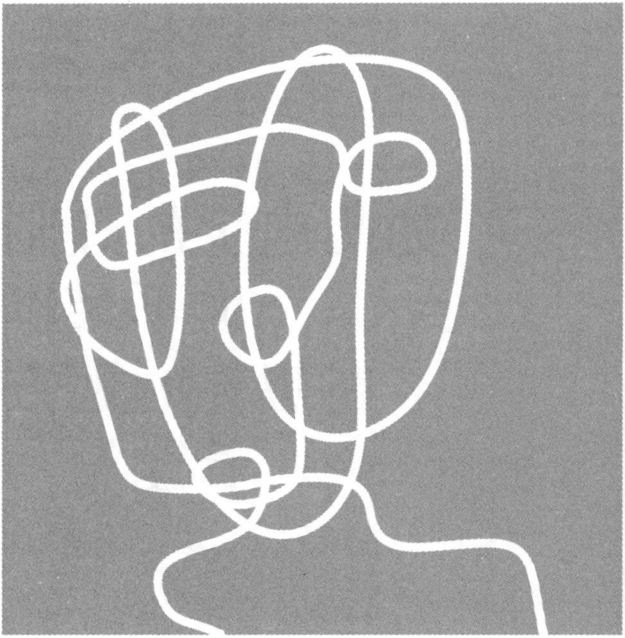

123

# 梦的土地

你轻吻的夜
朦胧着
睡眼惺忪的大地

闭上眼
这片土地少了一个你
梦的那边
又多了一个你

124

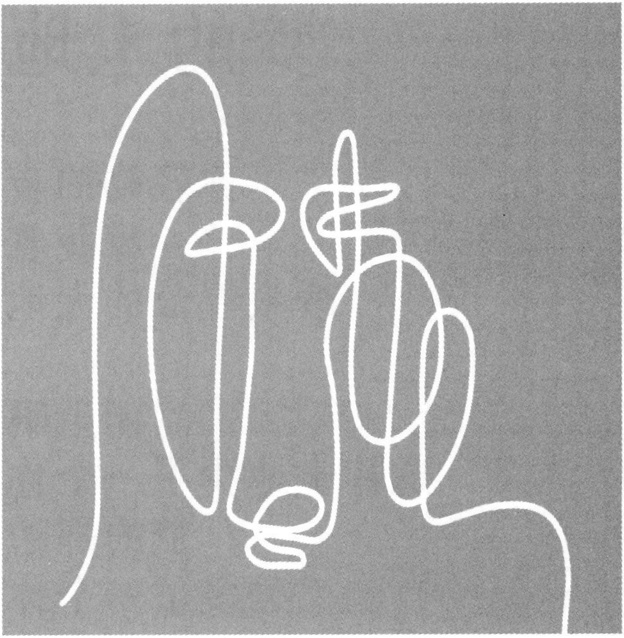

125

# 离开啊

在一个瞬间想到爱

突然感到自己
也能像风一样离开了

126

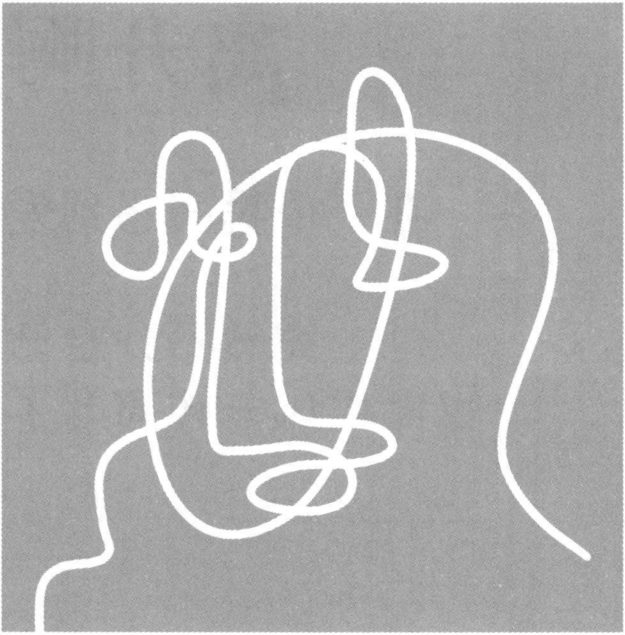

127

# 春光

湖水把我推向中央
在她欢快的
步伐里
我被荡漾成
一片春的波光

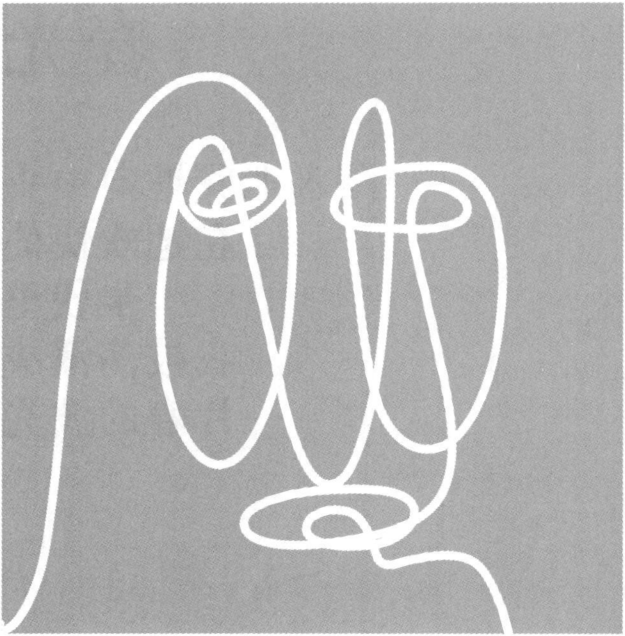

129

# 影

你微笑的陷阱
无视我慢慢走来
光影中
不可收拾的我们
在树叶里散开

130

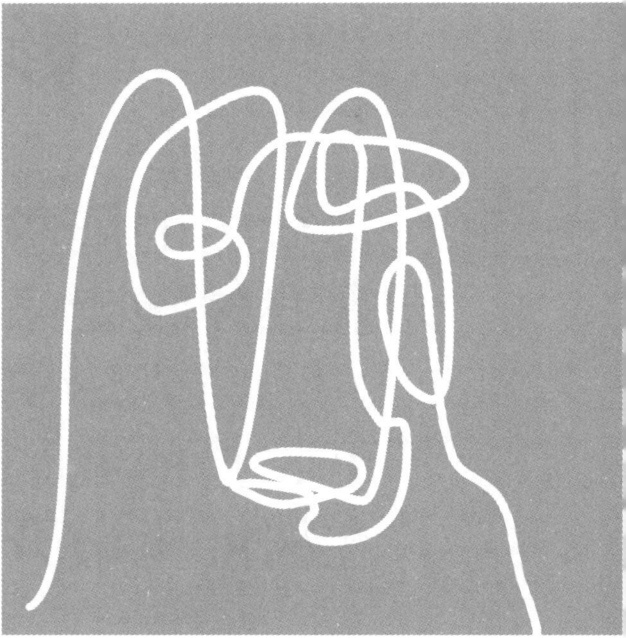

131

# 去路过我

去路过我吧
不要
为了遇见
暂停心跳后绕行

我不要
融化在一起
又撕开皮肉逃离

我要路过的时候
我是我
你是你

132

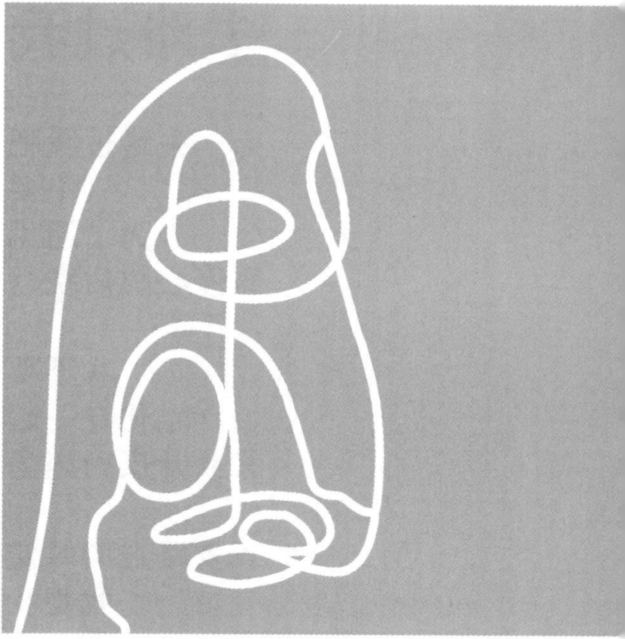

# 雪不会比爱情融化得更快

雪跟爱情更像吧

你用力温暖它

就消失了

134

# 真正的寒冷

回忆
忍不住
也缩成一团

135

## 游吟

我闭上眼
一首诗
在天花板直立行走
这个深夜
它没有一丝
夹缝中的阴影

满心欢喜
赤裸地游荡

136

# 爱情动物

你问我
在我的梦里
你是什么动物
我说
是一个叫风的动物
树的动物
云的动物
所有的爱情
都是动物

137

# 普通橘子

我只能得到一个普通橘子的爱

因为

完美的橘子

想象不到

一点酸

138

# 借你一遍

把你借走的人
还给了
藏在枕边的
时光

139

# 爱情

树叶无意包围四周
形成一个你离开时的
陷阱

140

# 突然想你

于某个精确坐标点
之外的光年

## 141

# 重复

有些声音没地方去
在牢里打转
一个人的囚室
只挂着一盏月光的遗像
或许
她的月光
就是那孤单冲进广阔黑夜的
催眠曲
关于一个人
和她好不容易打开嗓子的夜

142

# 无题

你微笑的这款
细步
正朝我慢慢走来
毫无防备
一颗散落的心
不可收拾

143

# 铅笔

是树木削尖了脑袋
发展成文字来爱你

144

# 镜之花

不要对着镜子
披上
晨雾的谎言

那是你
编织给黑暗
许诺给清晨
的嫁衣

145

# 告别

这个冬天
用来告别

初生的人
从红尘中走出
旧的冬夜
洁白的低语
不等雪

146

# 未被提及的冬天

跟爱情一样
她雪白的肌肤
让人误以为她是甜的

147

# 暴雨

你走的那天
下了一场暴雨
从此
银河释放了所有星辰
以后的每个天空
都只剩无尽黑洞了

148

# 蛹里盛开的奇迹

会在破开爱的壳后
飞出带有羽毛的
花

149

# 一首情诗

闭上眼
你的样子
就已经迫不及待地
追上了风

150

# 你

一颗
在我眼中逃难的星星
……

151

# 倒立

是天地创造的词语

倒立画画
倒立抓云
倒立吃饭
倒立睡觉
倒立做梦

万物皆可倒立
倒立爱你

152

# 春

整个世界
都在解冻
仿佛受她牵连的屏息

153

# 模糊的

越模糊的人
越
看到别人
越清晰的人
越
不像自己

154

# 玫瑰

一个用刺
原谅自己想象力的人

# 155

# 春

远方的冰
还在散发着
她呼吸时的细纹

156

# 轮回

他持续的力量
已说明了一切

157

# 释然

枯叶
睡着了
飞身向下
结束所有的答案
他的梦
还给了土地

158

# 时间

托付给人所有
又细细与人分开

如一个洁白
落入陷阱的
影子
等待解救她的目光
一束花园的
眼睛

159

# 夜的缰绳

夜晚流动的形状如一匹
无法驯服的
烈马

是你把梦引来
偷走了
我的缰绳

# 全部

我的每一个当下都是孤独给的
当下里没有的
孤独都给了我
真可怕啊
在我全部的灵魂里
没有一次
失去过任何东西

161

# 清晨是夜晚升起的太阳

如果我爱清晨
夜晚
也会升起太阳

162

# 下车

朝世界
奔跑的人
坐在
冲出雨点的长途里
没有人
下车

163

# 登山者

不必要
爱她
像一个登山者

我们紧贴着
一面
转瞬擦肩

164

## 玫瑰的你到底是什么

像刺一样
在花瓣上盖的
危楼

165

# 冒险

一条住在沙漠的鱼
渴望游去大海看看

166

# 真理

沙漠的故居里
住着
一片代表真理的
尘

167

# 破碎

所有秘密
由一只衰老的杯子
构成
深邃或空虚
还是保持离开的姿势

168

# 正义

正义不能把这个破碎的世界
拼起来
是正义
不让破碎把这个世界拼起来

169

# 小径

你看
凌晨走过的小路
不曾与任何人相识
他淋过的雨
变成了泥
他下的雪
变成了黑色的

170

# 智慧

## 花苞里
## 的
## 黄昏

171

## 彩虹

在雨里褪色的少年
会变成彩虹

172

# 窄巷

在思考这个
窄巷里
文字和游戏
隔着一堵墙
狭窄
意味着
深长

173

# 现实

## 用来缝合叛逆与天真的手术线

174

# 梦想

发现他游荡的影子
幻化成了直线
连空间
都没有了

# 缝进去的影子

177

# 智慧

# 把夜支起来的一堆柴火

178

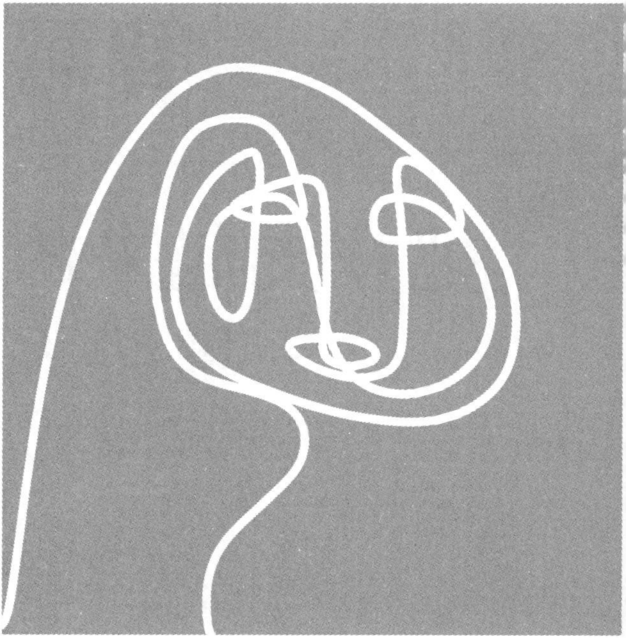

# 179

# 夕阳

## 被天空召唤的
## 最后一声枪响

180

# 蜡烛

## 冻起来的心

182

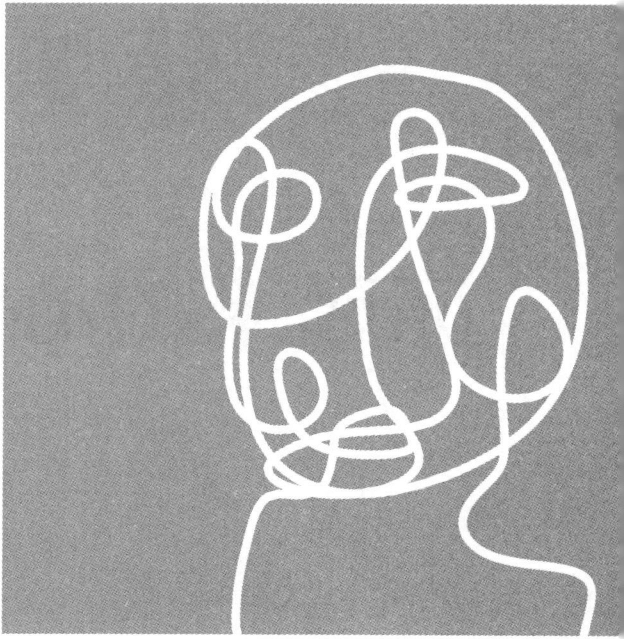

183

# 无题

隔夜的枕头
是一个战场
战场上和爱人失散
醒来后再也不想分开

184

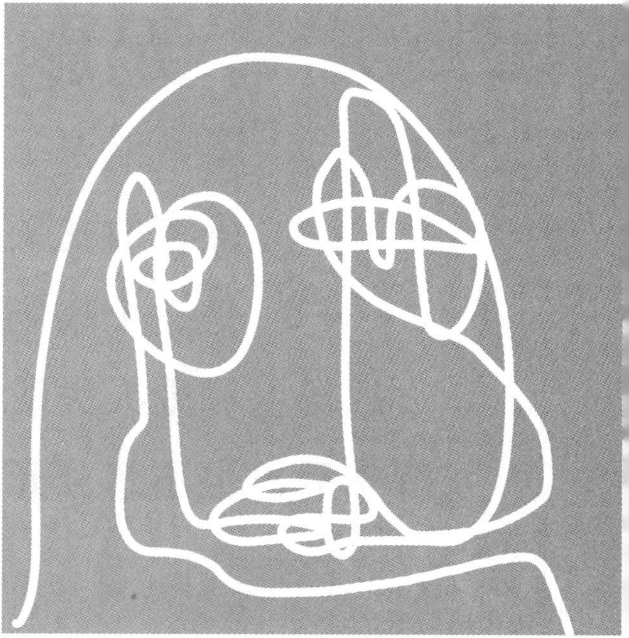

185

# 图腾

在人类进化成双栖的骨架里
多出了一个深色的
影子

186

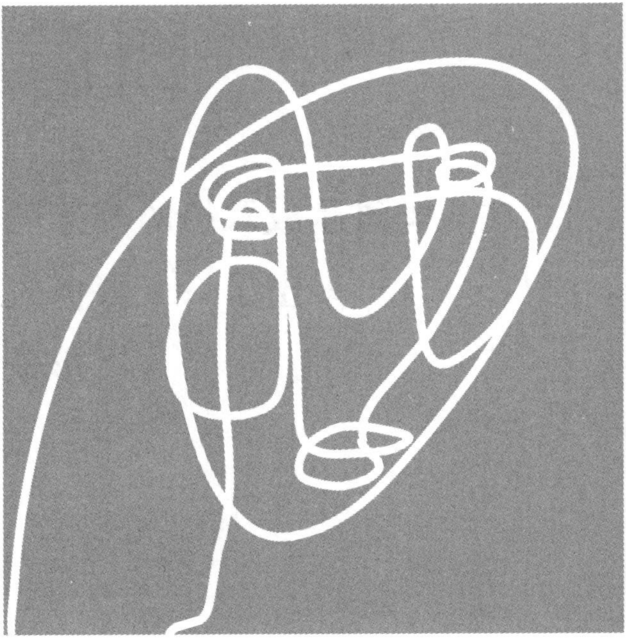

187

# 影子

## 灵魂为世界留下一个神秘的吻痕

188

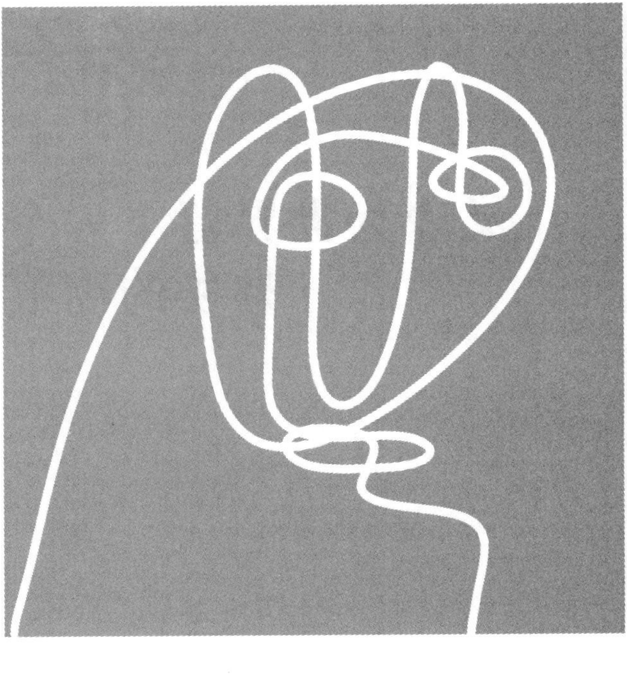

189

# 醉意

是一些酒鬼秋天
坚持
把路过的诗人
酿成一杯杯
微醺白葡萄酒

190

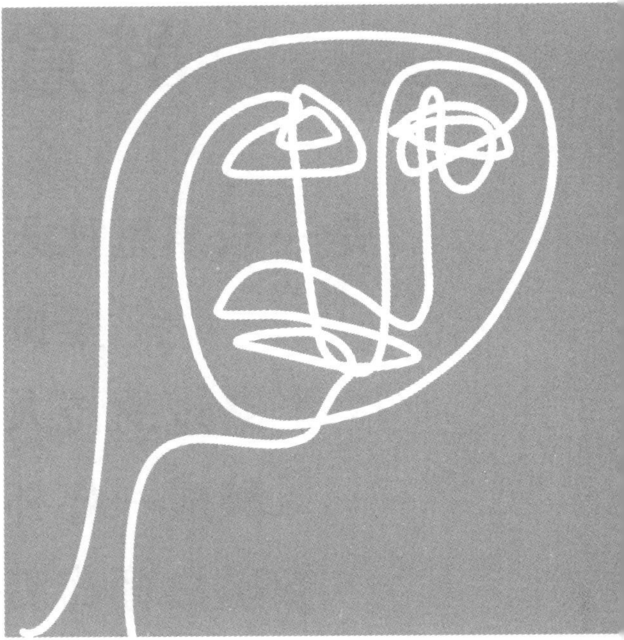

191

# 青春能对酌的话

这杯酒

酣畅度一定很高

192

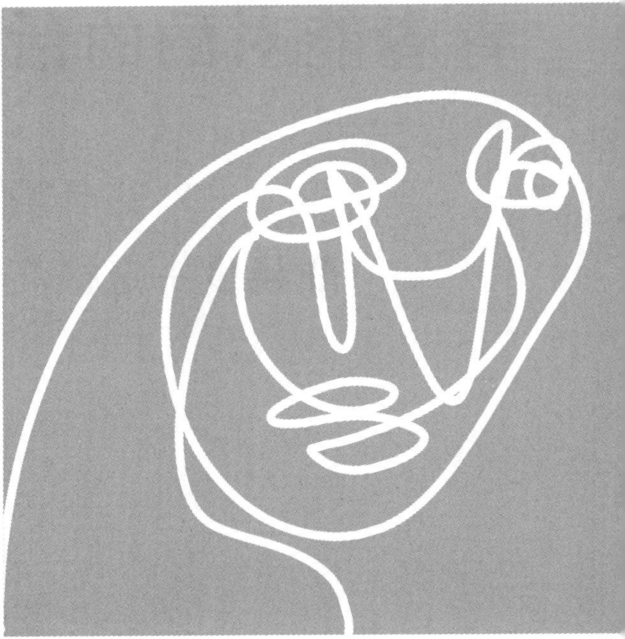

193

# 不要惊扰我的幻想

我看到一些重复的人
不断纵身跃入
那些深蓝色火焰里

那里
有滚烫的诗

194

# 艺术品 & 艺术家

用时间装裱好的

灰烬

在灰烬里装裱

时光

195

# 反义词

诗的世界很生动

连生动的反义词
都是更加生动

196

# 坦诚

它只展示了
所有美味果实中
咬起来最像树干的部分

197

# 老龄化

我喜欢城市里的老气息

不过走了那么久
我才发现
城市总是年轻的人
人才是那座严重老龄化的城市

198

# 一株藤蔓

盛夏的那株太平公主
顺着宫墙
嫁到很远的地方去了

199

# 星星

一颗穿过大气层的
闪着火花的
心脏

200

# 人类

## 灵魂登峰用的缆车

201

# 记忆

# 一团逼真的马赛克

202

## 苦难

我梦中的母亲
那片土地
没有伤口

203

# 无题

一些桀骜不驯的秋天
坚持
把路过的孩子
染成橘子味

204

# 历史

一排豪华城市的
主人
一个叫寂静的
回声

205

# 信

我的笔
在桌上躺着

带着
它隔阂的肉身
准备写信给这个入睡的世界

206

# 烟灰

这个落难贵公子
连灰头土脸接地气
也轻飘飘的

207

# 尘

过去
是人类身上
抹不掉的
镜子的灰尘

208

# 岁月

一段旅程
匆匆地驶向泥土
上车的
是滚滚红尘
下车的
是归家的人

# 漫游

在生锈的镜子上

打捞一片
天外碎裂的白云

210

# 冬

叙述前
凝结它成冰的笔触
爱是看不见的
亦如它沉默一般的寒冷

211

# 月亮

夜色
是它肩上
随意采摘果实的人

212

# 门

我不是门
握不住穿过灵感的
风

# 大鱼

风平浪静后
湖面的水
也有话要说
它们吞下那些尖锐的
诱饵
将风浪
拖入水底

214

# 访

与时间碰撞
会牵拉你的皮肤
与命运交谈
被打成碎片
思想的质感
走访了世界的人

215

# 咖啡豆的白日梦

它的渍
仅剩一片
注定会失败的
糖

216

# 水光

用潮湿的手心
捧起一些
火焰的倒影
那是我粘在水面的
阳光

# 人是被世界缝进去的影子

世界还没被缝起来的时候
每个人
都是一粒
被它吞下去的影子

热衷于跟随者的游戏
一台不道德的机器
把人缝进去

218

# 人

一种跟着人走的
奇怪影子

一种跟着人走的
奇怪姿势

219

# 石头的情绪

我终于体会到了
石头的情绪
一种卡住我身体的紧实
如此清楚地知道我想要什么
非常罕见
不该有的愿望
总是沿着缝隙的大道走出来
今天把明天
送给了我的毫不在乎

220

# 父亲

我经常在狭窄的空气里
想到你
一头牛会从山坡上
走到隧道的尽头
把光吃掉
不要问我家是什么
我经常迷路
好想尝尝你的苦味
叶子的苦味

221

# 月亮

敞开了一点点门的天空
用深夜
把自己裹起来

222

# 雨

咬牙的云
才下雨

一片
离群的云

223

# 指引

我的眼前
无法打捞起
一粒想要凭空消失的尘

融化在光里
这是它
博爱的秘密

224

# 无题

夜的栅栏
你用来流逝的时光
拦截了梦的肉体

它只许诺你
一个深不见底的归期

225

# 听觉

这个冬天不知道
说再多寒冷
也没用
我愿意为火把燃烧的声音
失去听觉

226

# 出头

太阳下山了
他曾在
通往真理的路上
探出过头

227

# 无题

我曾瞬间
在空气的细沙中走过
一个人形的沙漠
思想在没有间隙的地方不停流动
走过的路失去感觉
并没有失去四肢
活着回来

228

# 幸运

上帝很快就走了
没人愿意搭理它的眷顾

# 打湿的火焰

230

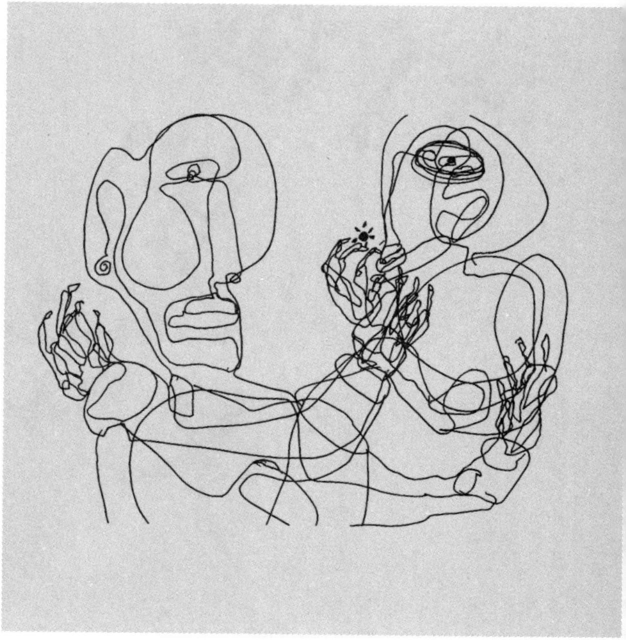

231

# 白发

颜色
给我的身体做下笔记
我很开心
时光井然有序
白头发也是

232

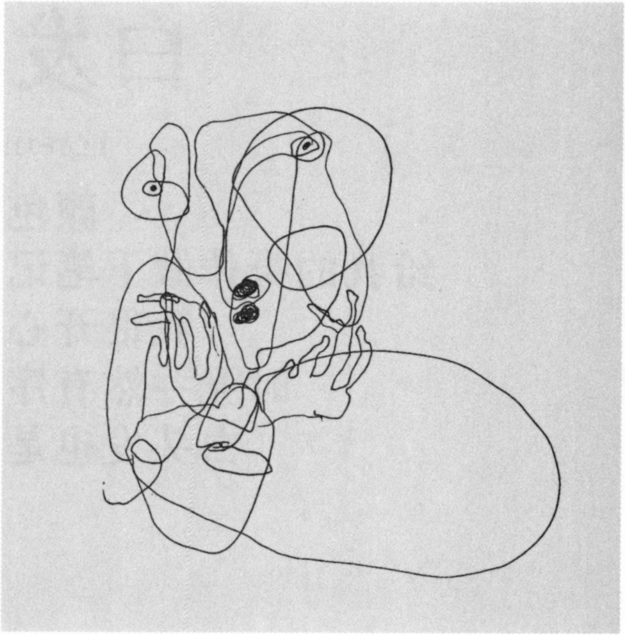

233

# 旅行

烛光
是一个人最青涩的冒险
身体和心
一起旅行

234

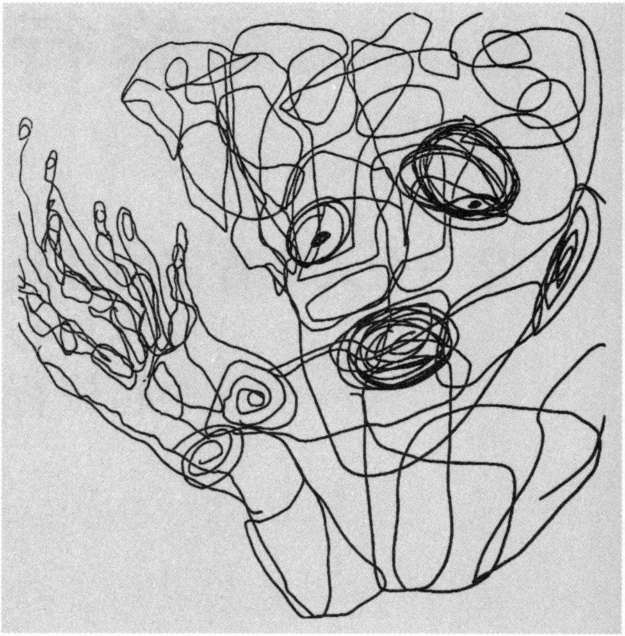

# 235

## 半梦半醒

烛光
快乐无比
用干涩的蜡烛
揉一揉这个夜晚

236

237

# 原创

爱不是原创
他仅仅是
临摹了一遍
世上所有的巧合
已叫人深信不疑

238

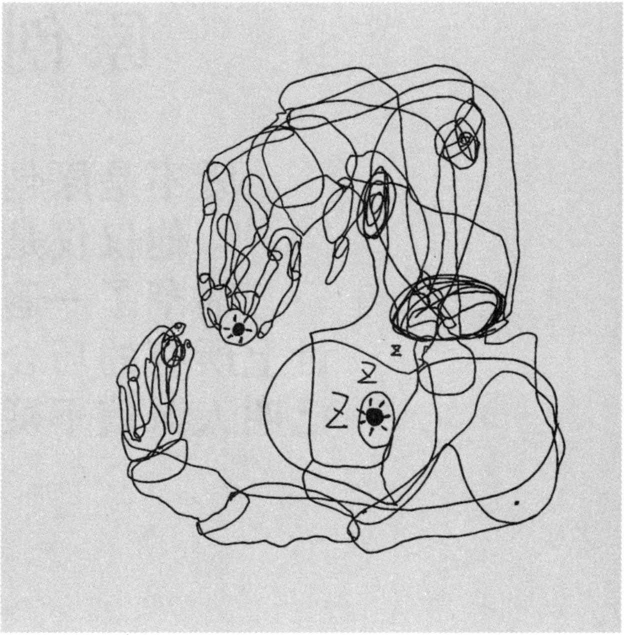

239

# 拼贴画

我的视野
也是拼贴的
把梦的一角撕去
人生填不满的
都用诗缝上

240

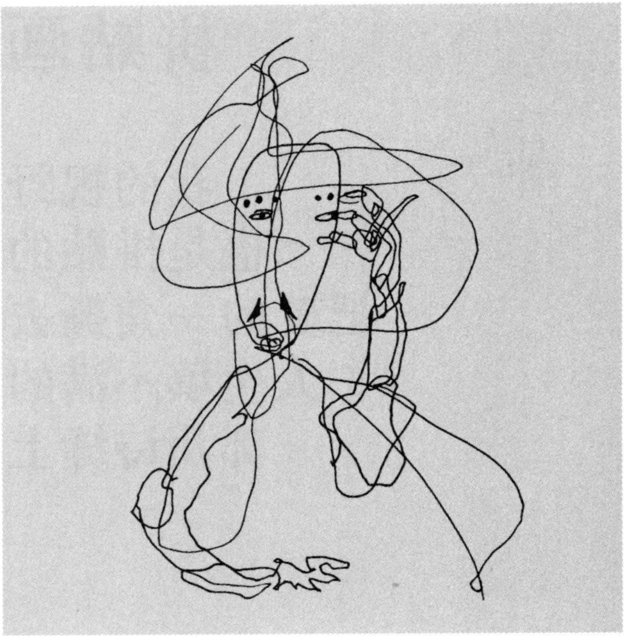

241

# 寻人启示

风筝飞走了
它拉了拉绷紧的弦
不忍心
把地上的人
拽在手里

242

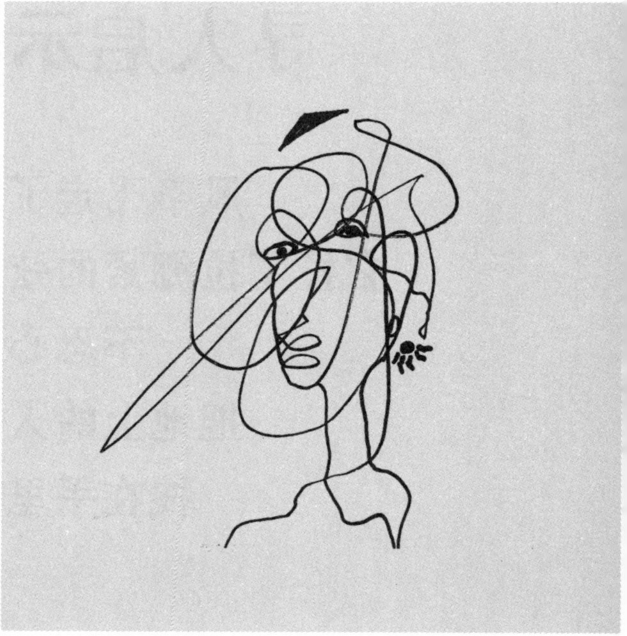

243

# 叶子

树的回忆掉光了
它要
重新长出来

244

245

# 你不是肉体

是梦在你身上
有了肉体

246

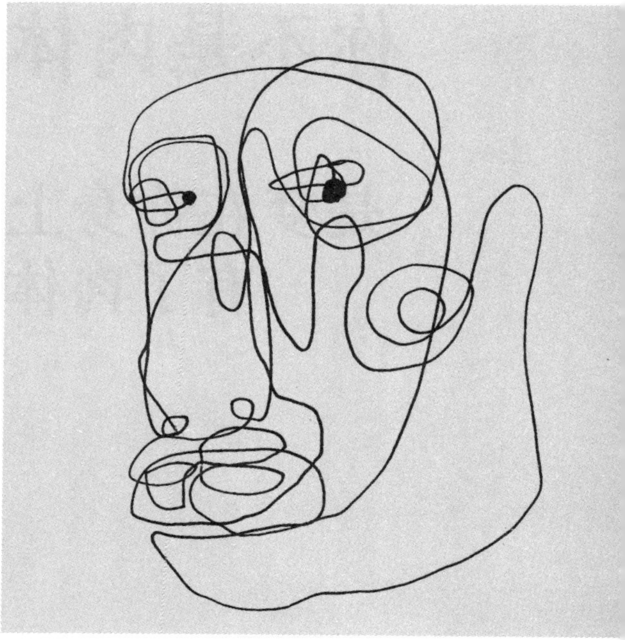

247

# 放空

直到
最后那棵大树上的
鸟群
也一哄而散

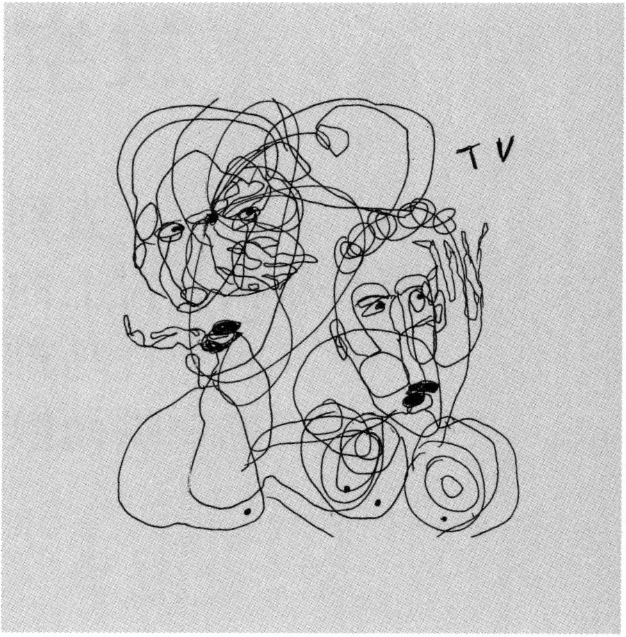
TV

249

# 脊梁

我的挺直
是一条
让世界不再漏风的拉链

250

# 雪人

这个世界
还有名正言顺
不渴望温暖的人

251

# 无法描述

黑夜无法描述它的离开
它的光明
被星星窃取了

252

# 雪人

爱不是
收集和重建的
天日

而是
蒸发掉它存在
行走在世间躯壳之内的
灵魂

253

# 黎明

黎明
总是无法分辨
它的爱
遗失给了黑夜
还是奉献给了白昼

254

# 思念

一片
被搁浅
的
沙漠

255

# 疲惫

我在他脸上
看到了所有废弃的烟头
像所有通情达理的人一样
展露过深情的脸
最后都扔到了地上

256

# 无题

今天的风需要透气
来自世界的天气预报

257

# 放了这只猫

我的放空
像一只
把敏捷
隐藏在夜里的
黑猫

258

# 谅解

时间
需要被谅解

它带走那些爱它的人
这不是骂名

259

# 云

歇业吧

不要在天空的四环路上赶跑了

260

# 思想宫缩

我的思维理应是一个子宫

时机是痛苦的宫缩
只为帮助我
生下自己

# 月亮

泪
在夜的壳里
被孵化成
一颗
优雅的珍珠

262

# 不是所有的消毒水都叫蓝月亮

道德洁癖

闻起来也是蓝月亮的味道

263

# 皱纹

一想到
长了皱纹的时间
在弥留之际
还不忘喧哗
我就老了

264

# 代价

人这一生付出最大代价的东西
是想象中的快乐

265

# 盲

蚯蚓的直觉
来自那片肥沃的土壤
而不是它的盲

266

# 卧底小行星

纯洁

一颗
在人间卧底的
小行星
篡改黑夜的人
能收到它的情报

267

# 鸽子

长夜的鸽子
我都放了

它们看上去
更需要自由的样子

268

# 毛茸茸的夏天

我不想
像一滴被蒸发的水
那样枯萎
我想要
一个毛茸茸的夏天

## 269

# 蚂蚁

一只有自洽怪癖的蚂蚁
离开了它的树洞
梦想
发现他游荡的影子
幻化成了直线
连空间
都没有了

270

# 无法描述

无法描述快乐
快乐在快乐来临以前
无话可说

271

# 纯洁

它的纯洁
只留下来
一只停摆的
钟

272

# 雾

他拥抱自己的影子
像一团

被夜色染黑的
雾

273

# 敏感的石头

再顽固的石头
在掠过湖面时
也是敏感的

274

# 梦

有一只鸟

它的翅膀是一个惊人的
飞去异世界的尺度

275

# 同一批次生产的道德

## 忠于职守的牛
## 和默默吃草的人

276

# 清晰

愿望
和满天的星星
是怎么实现的

它们的黑夜
已经如此清晰

277

# 我的纸上有一个地球

平面的

无限的

278

# 人体蜈蚣

食物链的
顶端
是一条
人体蜈蚣
一个
以人
为首为尾的
凶残游戏

279

# 生活品质

他们的生活品质

是牛不吃草
还提着一把大刀
把鸡杀了

280

# 起源

天空
把镜子
折成两半
负气地把世界摔到了地上

# 失眠者的疗养院

282

283

# 池塘

一圈圈
晃动着深情的
鱼尾纹

284

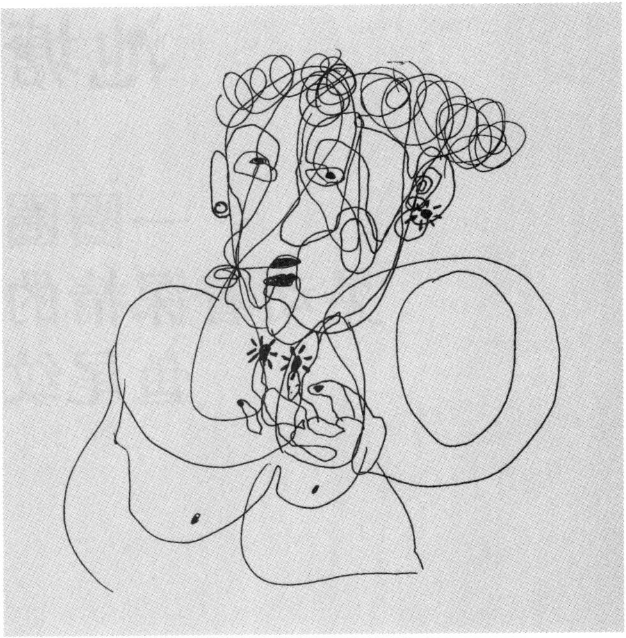

285

# 烦吗

把你的烦恼写到纸上
它就变成二维的了

286

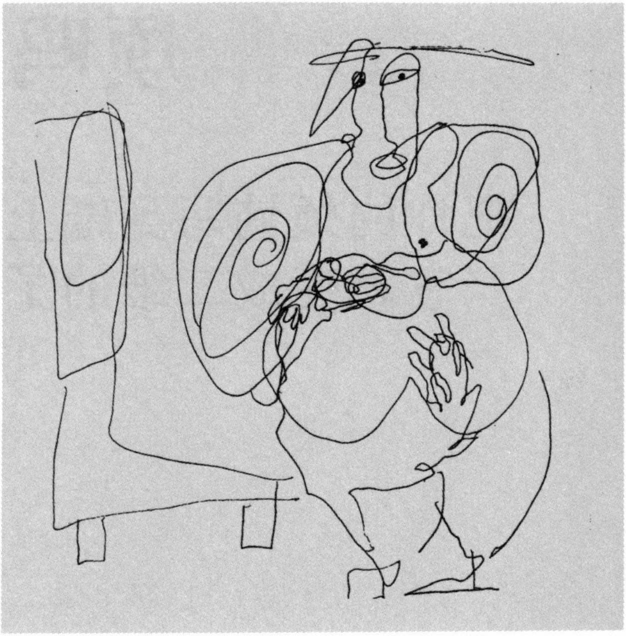

287

## 一只得了超忆症的月亮

雪白的迷宫里
从不会因褪色的记忆
冲淡某些浪漫的
开端

# 梅子酒

梅子
没有手
没有双眼
在火焰的汤匙里浴洗
酷刑后变成酒
那些美味的头和手

290

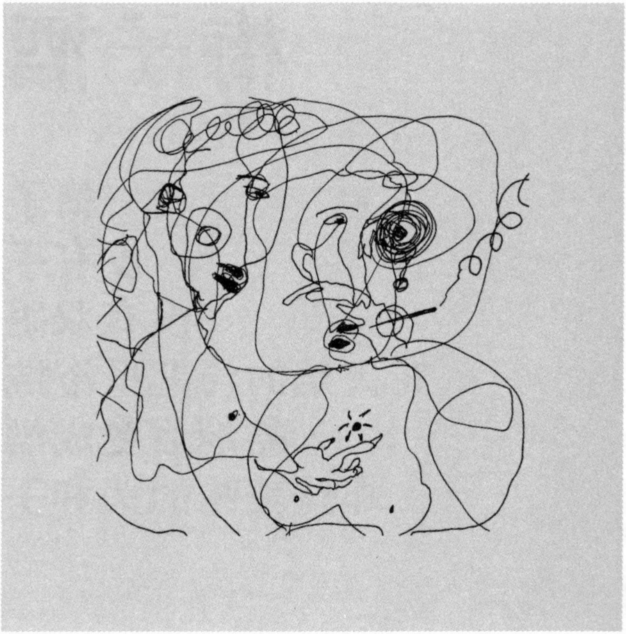

# 牙齿

他们的智慧

是一排整齐的牙齿
而不是紧闭的嘴巴

292

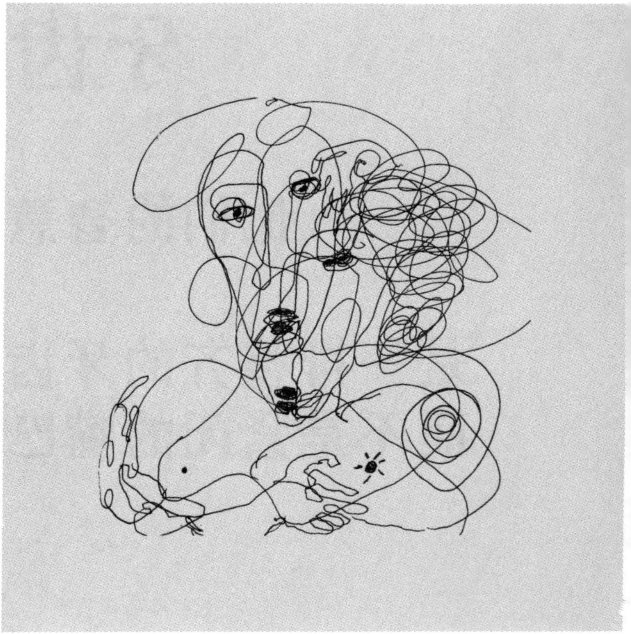

293

# 做人

对了
不要教我怎么做人

橡皮泥
比我更会做人

294

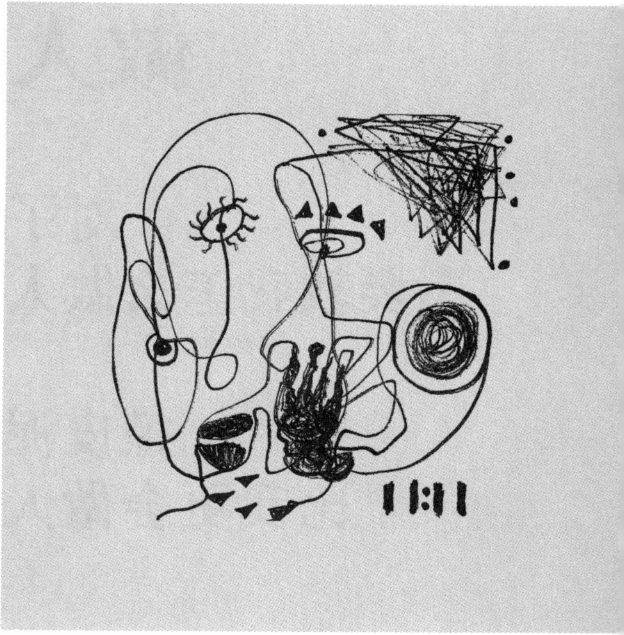

295

# 被榨干的脑

## 是失眠者的疗养院

296

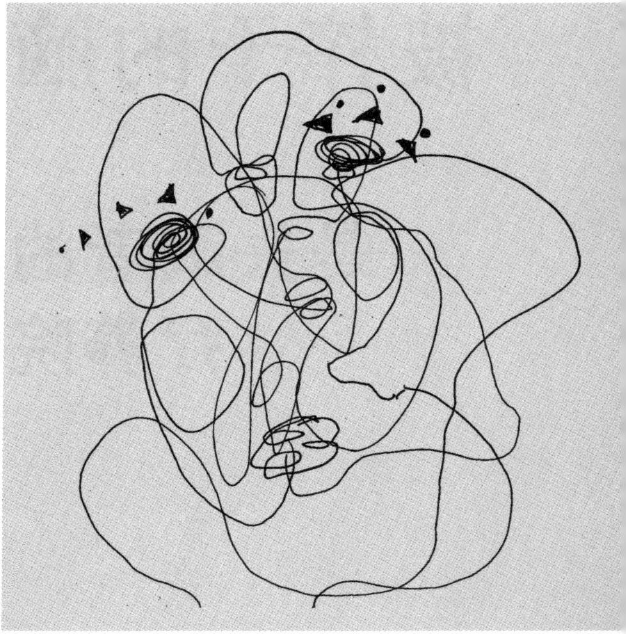

# 297

## 一则陀螺引发的寓言

不要问提线的神
木偶会累吗
陀螺累不累
鞭子那里有答案

298

299

# 无题

我
已经找不到我
好几天了
诗
也毫无头绪

300

301

# 眼睛

## 这里橱窗售卖的隐私
## 不受保护

302

# 注意力

## 一只打碎别人家窗户的玻璃瓶子

303

# 灵感

在阳光下暴露的
小水滴
随时发芽

304

好不容易有了想写诗的心

像孩子脸上
焖熟了花

305

# 遇到水以前

真理
是一坨盐巴

306

# 无题

把情绪种成树
枝繁叶茂的时候

在心里下场雪
就都消失了

# 闭门造车

决胜于千里之外

运筹于帷幄之中

308

# 蝉的自我修养

知了知了

我不是咬人的树
我是牙齿长在树上的鸟

309

# 醒来发现这首诗睡在我旁边

害得我

跑出去很远很远地方的心
也一下赶回来了

310

# 无题

她画的海

没有海的颜色

只有她

跳入海浪的声音

311

# 无处落脚的云

人们到达的海岸
总是
密密麻麻
挤满海边

让那些海岸线上的云
无处落脚

312

# 信

当云在海里航行的时候
那些天上的人
也会突然收到来信

# 313

## 记载

书里记载的
那片海
从来没有
把云弄哭过

314

# 困蓝

我看到
那些饱受惊扰的蓝色
一生受困于
想象中的大海

它忘了自己
是一种覆盖大海的颜色
就像爱

## 315

# 博物馆

大海这个作家啊
他写下的每一首诗
都被做成标本

自此
他终于变成了
被人挖掘不尽的
活化石

316

# 无题

尽头为什么听上去真实

因为它是一片海
而海没有尽头

317

# 深潜

这个疯子
在人海最深处潜水
蓄谋一触即发的光和亮
在闪电中凝固

仿佛一场精心策划的海啸
只是情绪没有海岸
这个末日不是他的
是天空的

318

# 乳名

我不知道
什么是大海
但我曾被一个叫螺的人
喊出了乳名

319

# 无题

他们看海
他们逛海
他们把海当成家
他们和海一起逃难

但最终
他们都逃离不了那片海

# 无题

上岸吧
在失意的人那里
大海没有尽头

321

# 品味

一本没有上锁的日记

只记录大海
或者天空

322

# 地中海是一种发型

生活
你问一片海
是没有结果的

思想者没有头颅
他的地中海
是一种发型

323

# 天空

海洋或者傍晚
都是不同颜色的天空

324

# 料理

关于海这种料理

可以被腌制
但不能太咸

325

# 无题

我脑海中散落的文字
是从黑夜走来的
我的上帝
那边是
风的遗嘱
召唤字里行间的力量
它们的朝向
是一道
白昼夜光

326

# 无题

你说
什么样的海
能卷起铺盖
把人从梦中带走

327

# 梦

我蜷缩的脚下
没有一片海
只有一片卷起来的浪花

你说
它是否会溅到我梦中
再次将我的脸打湿

328

# 无题

所有拍打进夜的
海浪
都是我融化黑暗的
影子
不为别的
为我在这虚无中
存活下来的
自证

329

# 不要躲在梦里晒太阳

那里的太阳
在海里
掀起巨浪

330

# 浸湿

大海是个什么样的漏斗
他把沙子倒过来

回忆就在另一边
被浸湿了

331

# 非要比较的话

你的海
才深不见底
我的海
一览无余

332

# 真空爱人

我看到
那些被海遗弃的云
像极了失恋的人
不断地对天空
诉说着
自己的大海

333

# 纸飞机

帮我
把装着荒诞的蓝色信封
寄到海上

334

# 秘密

我的秘密是一朵云
如果我不说
云沉到
海底
会自动浮上来

335

# BLUE

我梦到过很多色彩

好不容易

跟海没有关系

却在

梦醒了之后

变成蓝色

336

## 无题

当一片云
尝够了海水的咸味
天空也忍不住
为它下起了雨

337

# 逃

我看到
一片再也忍受不了海浪的云
飞奔似的
逃离了它热爱的天空

338

## 封印

不要再提
文学诗歌里的
海鸥
这些古怪的人
把它封印在海里

339

# 无题

关于我
也是一只被封印在海里的
海鸥

340

# 无题

静默中

伴随着海
我离开了生活

图书在版编目（CIP）数据

孔明灯 / 刘迪著. —北京：北京燕山出版社，2023.10
ISBN 978-7-5402-7054-4

Ⅰ. ①孔… Ⅱ. ①刘… Ⅲ. ①诗集—中国—当代 Ⅳ. ①I227

中国国家版本馆CIP数据核字（2023）第180082号

# 孔明灯

作　　者：刘　迪
责任编辑：王月佳
图书策划：谢俊平
装帧设计：谢俊平

出版发行：北京燕山出版社有限公司
社　　址：北京市西城区椿树街道琉璃厂西街20号
电　　话：010-65240430（总编室）

印　　刷：长沙鸿发印务实业有限公司
开　　本：787mm×1092mm　1/32
印　　张：11
字　　数：49千字
版　　次：2023年10月第1版
印　　次：2023年10月第1次印刷
定　　价：49.80元